KB192967

하루방의 사랑과 평화

하루방의 사랑과 평화

한재환 첫 시집

개미

序詩 / 새싹 걸음에

여린 새싹
꺾일까 두려워

마음속 그늘막
찾아주는

문사(文士) 선생님들
눈길에 열심히

한 자, 한 자
시 나래를 펴 보렵니다

여린 새싹
꺾일까 두렵기는 하지만

까짓 무에 걸림돌 있으랴?

서가(書架)에 왕자가 된다는데

아암
오늘도 부지런히 면학(免學)정신

2024. 詩月愛
대한민국 문화예술 중심도시 중촌문화마을에서

하루방의 사랑과 평화

차례

2부
살며 생각하며

3부
바람과 구름을 벗삼아

4부
우리네 삶이 그러하듯

작품 해설

1부

아름다운 중촌 문화마을 연가

사랑과 평화

하루방 만두의 은은한
향기 머금고
오늘도 동녘을 힘차게 여네

마음 따뜻한
할머니의 손으로
정성과 온정 담아

시나브로 빚어지는
하루방의 사랑과 평화

가정과 사회에
온누리 빛으로

삼천리 팔도강산
지구촌 오대양 육대주로
보무도 당당히 나아가는
사랑과 평화

염원에 영원을 담아
비상하는 하루방의 사랑과 평화

김치인생

대한민국의 전통 발효식품
일등 조리양식 김치

21세기 한류(韓流, The Korean wave) 따라
전 세계로 출가하여
만방에 국위선양 K-김치

소금물 절여 발효시켜 보관성 높혀
채소를 갖은양념 맛 내는

고춧가루 빨갛게 만든 배추김치
맛있는 그 새콤한 맛!

무 절여 만든 총각김치 깍두기
오이로 만든 오이소박이
백김치도 있지

한식 특유의 매콤함과 감칠맛

한국적인 한국 요리

오 김치여!
내 사랑 김치

K-한류 김밥

21세기 한류(韓流. The Korean Wave)
인기 총아 전 세계에 잘 알려진 한국 김밥

소금과 참기름 맛을 낸 밥
시금치, 단무지, 당근, 달걀, 우엉, 햄, 맛살, 어묵 등

김으로 말아서 한 입 크기로 썰어 낸 음식
주먹밥처럼 이동할 때 빠르게 먹고
소풍이나 여행, 이동할 때 즐겨 먹는 김밥

한 입 깨물면
아사삭—

달콤하며 고소한 식감
21세기 K-한류 김밥

21세기 한류
인기 총아 한국 김밥이여!

지구촌
세계로 세계로

복쌈

김에 찹쌀과 반찬 말은 복쌈
오랜 지역 전통이야

경상도 지리지, 신증동국여지승람 등
15세기경의 서적 김 생산 기록

1819년 김매선 저술
조선 서적 열량세시기

밥 짓고 김 싸 먹는
복쌈이라는 음식

한국 고유 쌈 종류
하나 김을 의미

보름날 풍년 기원
노적쌈, 복쌈, 볏섬 불리워

김쌈, 김쌈밥, 짐
명칭 변화된 것

21세기 한류의 꿈 싣고
지구촌 세계로 나아가는

복쌈 길쌈 김밥이여
지구촌 요리사를 다시 쓸

K-한류 김밥이여
유구한 5천 년 역사와 함께

영원하여라
영원하리라

갈바람

오!
가을, 가을이다

살랑이는 갈 바람
푸르른 하늘 아래

저 하늘가
뭉개구름 살포시
설레임 실어 보련다

허전함과 외로움에
꿈 찾아나선 나래

대전천 중촌 둑길
갈바람 따라

내쳐 걸어요
혼자서 걸어요

하루방 만두의 사랑과 평화

대전 중구 중촌동
생활의 달인
맛±멋

〈하루방 만두 매장〉
대전 자원봉사왕 운영
착한 가게 명소

대한민국의 국민 중 아는 사람은 다 아는
〈하루방 만두 매장〉

하루방 만두 매장은 대전 100년 빵집 명소
대전 〈성심당〉 다음으로 손에 꼽는 맛±멋 명소

〈하루방 만두 매장〉
대전 중구 목중로10번길 7(중촌동)

속이 훤히 들여다보이는 만두

대전 중촌동 생활의 달인 엄청난 맛집
〈하루방 만두 매장〉의 사랑과 평화.

서울 sbs방송국에 생활의 달인 출연 매장
줄서서 기다려 먹는 맛집

포장해서 사 먹는 배민이 늘고 있는
대전 MBC, SBS 모닝와이드, TJB 당신의 한 끼
생방송 대전투데이 등 방송 출연

대전 중촌동 생활의 달인 〈하루방 만두 매장〉
지난 1985년 창업 39년 전통있는 만두 맛집 매장

하루방 만두

대전 중촌동 하루방 만두
피가 얇아 대만의 '샤오롱바오(소룡포)'보다
비교해도 손색이 없는 하루방 만두

만두 속 안 부추랑 고기만 들어갔을 뿐
간장을 찍지 않아도 될 정도 적당히 간간한 맛

100% 손으로 직접 빚어 만드는
수제만두 피가 얇아요

고기만두, 김치만두, 장국물, 만둣국
떡국, 쫄면, 비빔밥, 제육덮밥, 단무지

만두도 그때그때 바로바로 빚는 맛과 멋의 매력

비빔만두 시켜서 군만두 꼭 같이 시음
단무지, 김치, 반찬 셀프. 하루방 고기만두 · 김치만두

'떡 먹자는 송편이요, 소 먹자는 만두'

만두 미리 쪄 놓지 않고 주문 후
즉석 찌기 시작기 늘 신선한 맛

맛의 비결 중 하나
만두피 모눈종이처럼 얇은

반죽하기 전에 밀가루를 고르게 하는 데
30분 넘게 걸리는 준비

얇으면서 신축성 뛰어난 만두피
일일이 손으로 만들어 솥에 쪄도
옆구리 터지는 일은 없으니라

 '떡 먹자는 송편이요, 소 먹자는 만두'
만두 껍질 얇고 소가 많이 들어가야

제맛!

중촌동의 좋은 아침

동편 하늘 살갗 젖히고
하루해가 장엄하게 뜨네

오늘도 무사히
가족과 매장이 행복하소서

주변의 모든 이들이
희망의 축복으로

빛이
길이 나소서

서편 노을 색칠하며
기우는데

세월은
어서 가자고 바지를 잡네

내일도 변함없이

중촌동에 좋은 아침이소서

중촌 근린공원에서

파란 하늘 아래 따사로운 햇살
소나무 숲길 불러들이며
손잡고 산책하자 손짓하네

농구와 족구 배드민턴장
아이들 엄마 아빠 파이팅 소리
힘이 샘 솟고요

주위 도는 산책길
강순이 신이 나서 쫄랑쫄랑
나비 너울너울

잠자리는 뱅뱅 돌며 뒤따르고
풀내음 숲 어우러진

중촌 근린공원
삶의 쉼터이어라

오!
시민의 요람
중촌 근린공원이여

내게로 오라!
네게로 가라!

불효자는 웁니다

저 높고 푸르런
가을 하늘

아버지 어머니 모습이
두둥실 피어오르네요

경애하는 아버지 · 어머니
하늘에서 평강하신지요?

저희 곁 떠나신 지 오래이건만
늘 가슴에 함께 하는 우리 아버지 · 어머니

그간 한없이 퍼내고 퍼내어
곱다랗게 보듬어 주신

하늘같이 너른 사랑
바다같이 깊은 은혜

어이 다 헤아리오
평생 가슴에 새기고 새기어

아름다운 세상, 살만한 사회
만들어 가도록 가겠나이다

아버지 · 어머니
사랑하고 존경합니다

제15회 대전효문화뿌리축제장에서 낭송한 孝詩 작품
불효자 올림

한글 · 한국어 세계화

21세기 한류(韓流. The korean wave)열풍 확산
세종대왕 한글 · 한국어 전 세계 향하여 고공행진

유엔(UN United Natioins)선정 세계 공용어 6개 언어
영어 · 중국어 · 프랑스어 · 러시아어 · 아랍어 · 스페인어

뒤를 이어 일본어와 한국어가
7번째 세계 공용어 채택 앞두고 경쟁

아무렴
세계 언어 중 한글 · 한국어 사용 세계 10위

일본에서 한국어 강좌 사설학원 3천여 개
전 세계 64개국 742개 대학 한국어 제2 외국어 채택

네팔 체팡 소수민족 언어 한글 채택 중
인도네시아 부톤섬 6만 명 바우바우시
찌아찌아어 대신 2009년 한글 채택

남미 볼리비아 아이마라 소수민족 한글 시범 교육 중
중국 헤이룽장성, 태국 오지에 한글 채택 노력

581년 전 세종25년 1443년
세종대왕이 창제한 한글

일본 가나어 동
중국 한문 은
한글 · 한국어 금

세계 공용어로 자리매김
자랑스런 한글 · 한국어 세계화
나은 길벗 교수 따라 지구촌 언어

중촌복지관 노인정

촉촉이 젖은 이불 속
찬란히 동튼 중촌동 햇살
곤히 잠든 찬이슬 깨우네

복지관에서
어른들의 옛사랑 추억
한 송이, 두 송이 피어오를 때

꽃송이들 박장대소
나뒹굴다
기지개 피네

뒤뜰 진한 향기 어우러진 국화
지붕 위 걸친 석양이
손잡아 주며

어서 가자 잡아도
웃음꽃 국화들

돌아갈 줄 모르는구나

추석에 대하여

추석은 전통적인 한민족 큰 명절
대부분 가을 곡식이나 과일
미리 곡식 걷어 조상에 제사

풍년 기원하는 것
추석의 본 의미

여름 농사일 이미 끝냈고
가을 추수라는 큰 일 앞두고
날씨도 적절하니 성묘도 하고
놀면서 즐기는 명절이리라

한국식 추수감사절(Korean Thanksgiving Day)

한국 추석은 추수에 앞서 풍년 기원하는 날
미국의 추수감사절은 이미 추수를 끝낸 것에 대해 감
사하는 날

한국 추수 감사의 의미
풍습은 추수를 다 끝내고
음력 10월 중에 하는 상달고사였으리

추석에 먹는 송편은 올벼쌀
올벼쌀은 덜 익은 벼를
훑어서 쪄서 말린 쌀

현대에 들어 농사기법과 종자가 개량
추석에 풍성한 곡식과 과일을 맛볼 수 있게 된 것

오 추석은 온 가족 행복들이기
태평성대 기원하는 축복의 날

한가위

가위는 8월의 한가운데
가을 가운데를 의미하며
한가위의 '한' 은 '크다' 는 뜻

크다는 말과 가운데 말 합해진 것
한가위란 8월 한가운데 있는 큰 날
또는 가을의 한가운데 있는 큰 날
한가위 큰 날 또는 큰 명절

음력 8월을 중추지월(中秋之月)
한자음 따른 것으로 가위
가을의 가운데 의미

월석은 달빛 가장 좋다고 하여 붙여진 말이라나

추석보다는 한가위가 좋아라
아, 둥근 보름달이여!

고향 겨울

눈 부비고 떠니
장독대 소복소복
눈 곰보 눈 곰보
눈 천지 왕국

이웃 철이 숙이와
눈 뭉쳐 던지던 모습

집 앞 막힌 눈길 여는
아버지 눈가레 바쁘고

어디선가 참새떼 와르르
날아와 지저귀 지저귀

아! 눈 천지 왕국의
고향 겨울 풍경이여!

토끼몰이

눈 온 날이면
동네 친구들과

앞산 토끼몰이
우 와아—
우 와아—

위에서 아래로 토끼몰이
우 와아—
우 와아—

나중엔 아랫목 골짜기
재토끼 흰토끼 두 마리

흰 눈망울 굴리며
그물에 아둥바둥

우리는 한 마리씩 품에 안고

룰루라라―
룰루라라―

그리운 유년 시절
겨울 토끼몰이

여름은

청년 시절 열정 토하듯
내 뿜는 저 하늘의 태양

꿈과 이상(理想)
저 하늘에, 태양

표호하며 살았드랬지
해낼 거야

아암
저 붉은 태양

이내 청년의 꿈
실현해 낼 거야

오, 청년의 꿈
이상이여!

신록 예찬

대전의 명산 보물산
보문산 여름날

푸르디 푸른
신록의 귀고리
주절이 주절이

스무 살 청춘 피 끓는
나날이 꿈과 희망

신록 예찬
청춘 예찬이여!

발자욱

학교 등굣길
새하얀 눈 위 발자욱
자꾸만 따라오네
뒤돌아보고
뒤돌아보고

그러다간 냅다 뛰어
도망이라도 가듯 정신없이
뛰어 봐도 자꾸 쫓아 오네

헉―
헉―

숨소리
발자욱 멀어 지나 했는데
지금도 따라오네

이젠 내가 조금씩 지쳐간다

언제까지 따라오려나?

그리운 어머니

소록—
소록—

조용히 속삭이네
추울까 봐 살며시
손 넣어 보며
기나긴 밤 가슴에 품고

온갖 걱정 다하시며
어깨 다독이시던
어머니 우리 어머니

내려라
내려라

밤새 푹푹
내려라

이 밤에 울 엄마 춥지 않게
따뜻하게 이불 덮어주렴

중촌 둑길에서

따사로운 여름 햇살 아래
대전천 중촌 둑길 내처 걸었네

지난한 삶도 걷고
인생도 따라 걷고

외로움과 회한 따라
여름 햇살이 걷고 걷네

저 만치 냇가에
물총새 한 쌍

냇가 길목에서 서서
노니는 물고기를 낚네

오, 삶이여!
아름다운 여름날이여!

금산 석양

오늘도 즐거운 하루
고맙게 받아들이는 하루

푸르름 더하는
산 너머에

석양 붉게 물든 뭉게구름

옛 그리던 보습 뛰우며
별이 되어 반짝이누나

금산에서 석양을 보며

2부

살며 생각하며

송도 앞 바다

잔잔한 파도 머얼리 달려와
살며시 얼굴을 부비며 속삭이네
넘실넘실 너울너울 어깨춤

무엇이 그리 흥이 나는지 너울거리다
금빛 모래 보고서는 반가움에 껴안고
얼굴 부비며 무어라 속삭인다

헐떡거리는 숨에 허옇게
얼굴 변하곤 이내 돌아선다

이에 맴도는
갈매기들은 무엇을 찾을꼬?

구하지 못해
맴 돌고 있는 걸까?

이런 것이

우리의 삶이 아니련가?

온 우주 대양을 품은 바다여!!
우리의 삶도 품어 주소서!

겨울밤

소리 없이
깊어 가는 겨울밤

우두커니 머문 사랑

왜 이다지도 그리운지

밤은 깊도록
쌓여만 가고

눈 내리는 소리
귀 기울여 보지만

머언 동녘에 희망 꿈
여행을 떠나 본다

함께 어우러진
세계 속으로

봄

화사로운 꽃향기 봄

노오란 개나리들 지저귐

오늘도 대전천
중촌 둑길 걸으며

맑고 고운 햇살이
가슴에 내려앉네

저기 푸르뎅뎅
풀잎 사이로

영롱하게 머금은
이슬방울 하나

저리도 맑을까
이리도 고울까

내 마음도 이슬 따라
저리 맑았으면

봄길 따라
거기 그렇게 머무네

동행

그대 가는 길
함께 해주실까요

까짓 넘어가는 세월
손가락 걸며 함께 가요

도란도란
옛이야기 꿈꾸며

희망과 용기로 가는
그 길 그리로

함께 해요
그대여

사랑하는 그대여

나눔

나누면 배가 되어
햇살이 되고

나눔은 햇살되어
행복이 되고

나눔은 이웃이 되어
사랑이 되고

나눔은 별이 되어
은하계를 만나고

나눔의 시냇물은
강물 바다가 되어

나눔은
나눔 인생은

살만한 사회
행복한 세상을 만드네

우리는 사회의 빛과 소금

자원봉사(自願奉仕)

사회 또는 공공의 이익을 위한 일
자기 의지로 행하는 손길 발길

비영리단체(非營利團體, NPO, Non-Profit Organization)
보람이나 경험의 손길

어둡고 그늘진 곳을 찾아
용기와 희망을 주는 우리는 자원봉사자

누가 반기지 않아도
오라고 하지 않아도

우리는 오늘도 힘들고 어려운
그늘진 곳을 찾아

햇빛을 주고

용기를 준다

룰루라라 룰루라라
뉘가 뭐라도 우리는 자원봉사자

우리는 사회와 국가의
빛과 소금

청소년 새 천년의 꿈

인간의 삶
어우러짐 가운데
서로 나눔이 보살핌

아름다움이 형성되고
행복을 이루고 있는 곳

지난 1980년 부터
봉사단체에 몸 담는 철없는 남자

마일리지는 하나도 없지만
왜냐구요? 좋아서 하니까

주위가 좋아야
환경이 좋아야

동네가 좋아야
행복하니까

청소년은 새 천년의 꿈

파출소 자문위원, 방범위원, 생활안전, 문화나눔, 민족
통일 활동
여러 분야에서 활동하면서 이야기하지요

범죄 시발점은 청소년 자라는 환경이라고
내일의 희망이고 꿈이라고……

자녀안심 봉사활동

갑작스런 사고로
부모님을 잃은 철수

병으로 하늘나라 보낸
홀로 숙이

쌓인 술병 따라 아버지 하늘로 여읜
외로운 소년 영수

할머니와 힘겹게 사는
윤수와 순이

콜록콜록 노환에 애태우는 할아버지와 사는
의로운 수철이와 미숙이

우리가 함께 보듬고 가야 할
그늘지고 외로운 청소년

좁은 길은 넓혀 주고
넓은 길은 아담하게 다듬어

함께 가야 할
소중한 미래 꿈나무

이 사회와 국가의 간성
자리매김 든든한 보험

자녀안심 가족들

다문화 가족

불과 십수 년 전
보기 힘들던

노랑머리, 곱슬머리
긴 코, 큰 키 외국인

언제부터인가
길거리나 이웃에서
쉽게 만나는 다문화 가족

그 그 인구가 벌써
300만 명이라네

제발, 제노포비아(Xeno Phobia) 버리고
이제는 따뜻하게 보듬어 주어요

대한민국이 좋아 산 넘고 물 넘어 찾아온
소중한 지구촌 80억 인류 중에

중국, 우즈베키스탄, 베트남, 태국 등
다문화 가족 300만 명

21세기 대한민국 인구 국제경쟁력 지렛대 삼아
지구촌 전 세계를 향하여

노를 저어나가요
아세아, 세계의 중심이 되도록

한류(韓流, The korean wave)의 바람 따라
전 세계로 대~ 한민국

민족통일중앙협의회의 축복

1981년 대한민국 민족 평화적 통일실현 위해
결성된 민간 주도 사단법인 민족통일중앙협의회

대북 민간창구 기능 수행 통일기반조성 위해
통일 의지 널리 확산 뿌리내리는 애국애족 단체

1977년 12월 통일부 통일교육원
이수자 중심으로 자발적인 통일운동 태동

자주, 평화, 민주 기본원칙
화해협력, 남북연합, 통일국가 3단계 통일방안

민간 통일 운동 단체의 선도자 자부
통일 주도 세력 육성 및 국민화합 사업, 통일준비 사업

국민 계도 및 안보 사업
출판 홍보사업 운영

통일교육 연수 통하여 통일의식 고양
구미와 동남아 제국을 순방하여 해외동포들

올바른 통일관을 심어 주기 위한 지식과 자료를 제공
월간《통일》등 정기 간행물을 발간 통일홍보 힘쓰는

나는야 대한민국 민족통일중앙협의회 일등 전사

*2024년 민족통일중앙협의회 추천 영예의 대통령상 수상

통일의 봄바람

바람이 부네
바람이 부네

따스한 바람 부네
사랑의 바람 부네

그리움
가득한 바람 부네

보고픔 젖은
꽃향기 가득한 바람 부네

향기에 춤추는 벌 나비 따라
춤추는 아이들 따라 엄마들

즐거운 바람이 흥겹네
자유의 바람 부네

이제 막힌 귀 뚫리고 눈 보이며
자유가 보이네

이젠 남북 한 가족 만나는
통일의 봄바람 부네

남쪽의 따스한 봄바람 타고
새싹 돋고 아름다운 꽃 필 때

남북 우리 얼굴 환한
웃음꽃 피면 좋겠네

추석 고향 방문

매년 약 천만 단위 민족 대이동
인구밀도 높은 수도권 지방에 내려갈 때나
올라올 때는 한민족 인파 물결

이제 부모님들 거꾸로 서울 자녀 집으로 올라와 귀성
아예 부모도 고향을 떠나 자녀들이 사는 수도권 이주

고향 북한에 있는 실향민
탈북자들 고향 가지 못하는 대신

임진각이나 통일전망대
북녘 땅이 보이는 곳 제례행열

황해도나 평안도 출신 실향민 임진각 망배단
함경도 출신 실향민은 통일전망대

계(桂)씨, 궁(弓)씨, 길(吉)씨, 독고(獨古)씨, 동(董)씨, 동
방(東方)씨, 선우(鮮于)씨, 승(承)씨, 탁(卓)씨, 태(太)씨, 현

(玄)씨인 경우 이북에 연유

　차(車)씨와 강(康)씨는 황해도, 궁씨는 평안남도, 나머
지 계, 길, 독고, 동방, 선우, 승, 탁, 현씨는 평안북도 출
생 연유

　댐 건설로 인해 수몰된 지역이나
　리조트 짓는 과정에서 철거된 지역이 고향인 경우
　인근 지역에 가서 차례를 지낸다고

　아 통일이여
　어서 오너라

시간이란 공간

무심히 흐르는 물길 바라보니
한가롭다 하였나요

부는 바람결 따라 걷다 보니
시간의 흐름 몰랐나요

무심하게 돌아가는
시곗바늘 야속하네요

가을 부르는 소리
시나브로 눈 뜨니
가을이라네요

싱그러운 가을
시간이란 공간의 흐름

따뜻한 우리네
마음 가을 바람이려요

그리운 부산 사나이

바다가 보이네
갈매기 춤추고
붕장어 엉덩이 덩실덩실

장밋빛 석양 불그스레 물들고
가로등 하나둘 눈을 껌뻑일 때
친구들 한잔 추억 되새기며
왁자지껄 남포동 골목 흥청이네

달빛 졸음 찬 가로등에
머플러 휘감고
사정하는 사나이
아직은 밤이 깊지 않았나 보다

아~
친구들이여

날 밝음에

날이 밝음에
감사하며
하루 문 여네

때론 모든
유혹이 힘들게
하겠지만

그래도
오늘 웃음꽃 향기 맡을 수
있어 좋다

해가 지면 두런두런
지저귀는 가족이 있어
좋다

머언 여정 꿈나라 여행 후
쉬고 나면

행복나라 설계하고

그래서
내일을 기다리네

아침에

이제는 햇살 뜨거움
한겹 벗고 다가서는 발걸음

그래도 멀리 하고 싶지는 않는
계절의 사랑

우리네 삶의 과정
그러하겠지

아암 그러하겠지

그대

그대
그리워요

기다림 속
시나브로 다가오는

설레는 마음
희망과 꿈

미래의 시간
그래서 언제나 기다리게 되어요

당신을
고맙습니다

그대
그리워요

남포동 부루스

아
옛날이여
그립누나

남포동
광복동 거리

네온 반짝이던
밤 깊은 밤거리

정들은 친구들

남포동 거리
한 잔 마신 취가로
바람에 흩날리는 네온싸인
휘감는 그녀 허리춤

눈사람

시나브로 잠 깨니
하이연 눈 천지 눈 왕국

약속이나 한 듯
이웃집 순이와 마당에서 만나

나는 순이 모습
순이는 내 모습

눈사람 만들었다
우리 모습 똑같이

영원히 함께 하자며
손가락 걸었드랬지

오!
지나간 오랜 세월

순이는 어디서 할망으로 늙어갈꺼나
이 내 몸 할아범처럼 말이지

길가

길가에 많은 야생화
아름다워라

저마다 소중하고
질긴 생명력

저마다 다양한
삶의 사연 사연들

오!

존귀하여라
사랑스러워라

다람쥐

문을 열자 쥐 한 마리
아랫마루 무언가 물고

구멍으로 쫄쫄 엉덩이를
흔들며 들어갑니다

옆샘 밤나무 옆
다람쥐 한 마리 입에 물고

펄쩍펄쩍 아침식사를 하러
가고 있노니

어젯밤 꿈 아름다운
꽃과 푸르른 들의 향연
이 또한 내일을 위한 과정

눈이 녹으면 푸르른 잎이 솟아
꽃이 피어 나지 않을까?

휘영청 뜬 보름달

추석(秋夕) 한가위 수확 앞두고
풍년을 기원하는 날

보름달을 맞이하는 한민족의 명절
더도 말고 덜도 말고 늘 가윗날만 같아라!

추석은 전통적
한민족 가장 큰 명절

추석에 먹는 송편은 올벼쌀 만들어
덜 익은 벼를 훑어서 쪄서 말린 쌀

두둥실 뜬 휘영청 보름달
더도 말고 덜도 말고 늘 가윗날만 같아라

오, 축복의 한가위여!

3부

바람과 구름을 벗삼아

쑥맥

나는 쑥맥이라서 좋아라
그래서 마음이 편하다

세상의 모든 것을 내려놓고
나의 길만 걸어왔기 때문

바람도 구름도
어느 땐 퍼붓는 소나기도

나의 길을 막지 않아라
나는 그냥 나의 길

걷기만 하였기 때문
자연은 참 좋아라

그런 나를 함께 하며
다른 사람과 달리 편하게

들꽃으로 쑥맥
자라게 하여 주어서

고맙고
감사하오이다

남은 여생
더욱 감사하며

푸른 하늘 보며
야생화의 청순함과

아름다움에 빠져 살아야

저무는 해

서편으로 기우는 해
멀리하고

창밖을 보니 속삭이는 별들이
모두 자기만 보라 하네

보아주지 않는지 지쳐
저어 멀리 어둠 속으로

사라져 버린 별들
쓰라린 눈물과

사랑에 겨워 감추지 못하여
흐르는 눈물이 풀잎

꽃에 맺혀
다시 뜨는 태양

초롱초롱 빛나며
예쁜 꽃을 피우네

아름답고 어여쁜
잎과 꽃들이 손짓하며

반기며 웃음 지을 때
어둔 창밖은 아름다워라

보여주세요

간밤 꿈 깨어
시나브로 창문 여니

창밖 하이얀 눈이 쌓였어요
오 신세계여!

어느새 다람쥐 한 마리
무엇인가 먹거리 물고
쏜살같이 달아나네요

저마다 소중한 생명력으로
살아가도록 신의 능력을 보여주세요

아무렴 소중한
저들이 배고프지 않고

건강하게 살아가도록
그 능력을 보여주세요

햇살

아침에 문 열면
동편 장엄하게 솟는
아침 햇살

더러 흘겨보는 눈망울
흐르는 땀방울
보석 같아라

우리의 삶도
저 햇살처럼

장엄하고 위대하며
아름다운 여정

오늘도 저 햇살처럼

힘차소서!

빛나소서!

풀내음

시샘하는 열대야
싱그러운 풀내음

저 멀리 내동댕이 치고
하나 둘 옛 사랑

알록달록 사랑의 추억
낡은 노트장을 뒤적이게 하노라

오늘도 떠 내려가는
대전천 낙엽 잡으려 나뭇가지를 헤치고

바위 사이를 뛰며
다가가 보네

시샘하는 열대야
싱그러운 풀내음

봄 소식

봄 오는 소식
언제나 즐겁게
보내시는 님

시간 그리워
봄 오시는
그 길 무심하셨나요?

개나리 방긋이 터지는 눈망울이
그대를 반기며 눈웃음 짓네요

조금만 기다려요
꽃미소가 더욱 반갑게

봄 소식
맞아 줄 거예요

소복소복

새 꿈에서
살며시 깨어나
눈을 떠보니

밖은 하이얀 눈
소복소복 쌓였네

신세계로 행복의 감탄
시나브로 쏟아내는

소복소복
희렬의 새 꿈

갈바람

살랑이는 가을 바람

푸르른 하늘 아래 뭉개
구름에 설레임을 실어 봅니다

왠지 허전함과 공허함
꿈 찾아
갈바람
나래 펼쳐 봅니다

웃음꽃

밝은 햇살
향긋한 풀내음
오늘이 즐거움으로
행복 웃음꽃 피우소서

오늘
햇살처럼

푸르름

화사로움 더 화사롭고
따스한 개나리들 지저귐

오늘도 맑고 고운 햇살
가슴에 스며드는군요

잠시 푸르름
뭉게뭉게 배에 커피 잔을 싣고

여정의 노를 저어 보고 싶지만
부르는 시계의 초바늘 손짓이
나를 가만두지 않는군요

노을빛

서편으로 저무는 노을빛
아쉬움이 가득한 하루

무어지?

한 번 함께
하고픈 사람

새해로 미루게 되는
아쉬움에 미련

서편으로 저무는 노을빛
오늘을 뒤로하고 아쉬움 가득한 하루

사랑 노래

물안개 속 정자 위
속삭이는 사랑 노래

가득 펼쳐진 연잎 위
은방울 장단 신이 났네

은방울 모이니
허리 굽혀 절하여

모든 걸 비워 주고
그들 운동장 되어 주네

욕심 비우고
배려하는 사랑 눈빛
가슴 깊이 행복 쌓여만 가네

인생 오솔길

모롱이 숲길 옆
쳐진 어깨 지개 위

조기와 고깃덩어리 춤추고
강아지 쫄랑쫄랑 손주 녀석 신이 났네

쪼그리고 앉은 인생 지게
턱 고이고 졸고 있는데

건너 산마루 걸친 석양
꼬불꼬불 인생길
어서 가자 손짓하네

꿈

너울너울 손짓하는 초원
춤추는 그대
손 한 번 잡아 주세요

송아지들의 함성과 박수 소리
놀란 쇠똥구리
우왕좌왕 뛰어 다니네

오똘랑 오똘랑 고추잠자리
싸리문에 걸친 해
초가집 실은 배

호롱불 밝히고
도란도란
꿈을 먹는다

*오똘랑 오똘랑 : 국어 문법상 '부사'로서 몹시 방정맞게 까불거나 몸을 흔드
는 모양

행복 나무숲

나지막이
바스락바스락
속삭임

붉은 조명 흐르는 선율
서로 살을 비비며
자유 춤을 추는 그대

하늘이 질투했나
우당탕 소리치며 눈물을 흩뿌려도

부둥켜 안고
서로 다독거리니
행복 웃음꽃 피어나는구려

봄 부름

포근한 햇살 가슴
깊이 파고 든다

따사로움보다
무언가 잃어버린 듯한

느낌의 허전함
왠지 공허하기만

하늘 날다만 참새
뚝 떨어지듯 전깃줄
내려앉는다

그리곤 머언 하늘 향해
무어라 소리친다

누구를 부르는 걸까?

아니면 속내로
소리쳐 보는 걸까?

주위를 두리번거리더니
어디론가 훌쩍 날갯짓

하늘을 뱅뱅 돌며……

매화 피며
개나리 피고

봄이 오겠지?
봄 봄 봄

좋은 아침

따사로운 햇살
뒤뜰 장독대 위

소복소복 하이얀 눈
복 스럽고 깨끗한 눈

하나하나 똑 떠서
나누어 주고 싶어라

따사로운 햇살
뒤뜰 장독대 아래

파도

저 멀리 수평선 넘어
푸른 대양의 기다림
마음 살며시 부딪치고
울며 돌아가야만 했던 시간

차디찬 바람 몰고 와
떼어 놓고 돌아가지만
갯바위 바라보는 마음
쓰리기만 하네

떠나가는 뒷모습 초라해
눈물 삼킬 수도 없는 마음
가는 모습 물거품되지만
하얀 미소 지으며
다시 찾아 백사장에 누워
널 안아 반기리라

깨어져 부서지는 모습 변함없지만

찾아온 나를 반겨주는 모래 품이 있어
행복하기만 하다

낙엽

단비 먹고 자란 너
매미 노래 춤추다가
소낙비 장단에 드럼 되어 주고

수줍어 얼굴 붉히며
하나하나 사랑 추억
쌓아 놓았다가

쿵쿵
대지 뚫는 소리 있을 적에
살포시 덮었던 이불 걷어 내고
녹색 꿈 이루도록
밑거름 되어 주리라

방울방울

희미하게 떨어지는 생명 방울
끈에 매달리어 치쳐 줄타기하네

뛰는 맥박이 헐떡이는 숨이
100m 달리기 결승점 1등
들어온 것 같은데?

좀 더 빨리 줄타기하며
내려와야 겠는데

지쳤나 보다

하루 이틀 아니고
쉼없이 계속 달리다 보니

쉬었다 가자고
아우성이오

그래도
네가 있으니
세상이 보이고
얼마나 좋으냐

조금만 더 달려다오
방울방울

4부

우리네 삶이 그러하듯

가로등에 기대어

한 잔에 마음을 담고
어스름한 불빛 아래

아련히 들리는 음반
함께 하고픈 한 잔

부딪치는 소리와 함께
희미한 그림자가 다가온다

언제쯤일까?
옛이야기 풀어내며
시곗바늘 구부려놓고
마냥 흔들고 싶다

흔들리는 달빛 아래
가로등에 기대어

그리로에서

시름 달래며
한 잔에 마음 담고

달빛 아래
어스름한 불빛
칸델라에 비추는 자화상

두런두런
이야기 속

살갗 타는
삶의 내음

오늘도 마냥
동심의 추억 속으로
달려갑니다

동네 주막

바쁜 하루 일을 마치고
동네 형님 아우가 만나

들거니 잣커니
마셔라 부어라

인생 산다는 게
무어 대수인가?

이렇게 주고받는
인정 속에 오늘도
하루해 접노라

그리로
동네 주막에서

하나의 삶을 담아
추억을 마시노라

낭만의 그리로

이곳에 가면
동네의 함박웃음이 있다

허허 실실
호호 실실

골목 안집 아들 대학 수석 합격
미루나무집 딸네미 서울 인류기업 취업

김밥집 여자 바람난 뜬소문
미장원 과부와 시멘트집 아저씨 사랑 이야기

약국 앞집 아들 서울 가 돈 번 이야기
둑가 곰보 색시 야밤도주 이야기

이곳에 가면 동네의
모든 이야기가 김처럼 살려 있다

나도 한 잔
그대도 한 잔

낭만과 사랑이 넘치는 곳
대전 중촌동 그리로 동네 주막

생강을 갈아 놓고

생강을 갈아 놓고

그리고
잠시 생각 머문다

다시 마늘 갈아 놓고
그리고는

시 제목을
그리로?

넣어 버린다

깜짝 놀라 다시 퍼내어
다시 갈아 넣고는

시상(詩想)에 젖는다

그리고
그리로

느티나무

오늘을 위하여
전심을 다해 뛰어온 나
구슬땀 훔치는 모습

자랑스러운지
고운 손 간지럽게 흔들어주네

꿈과 희망 위해
줄 곳 달려가라고

뜨거운 열기 가슴에 품어
식혀 주느나

살며시 다가온 내일의 행복
꼬옥 끌어안고
오수에 잠기어 꽃길을 걷는다

노을

붉게 타는 노을빛 석양 보고
오늘도 힘차게 달리며
꼬리를 무네

레일 위의 트랙은 지치지도 않게
잘 만들어졌는지 헉헉대지도 않네

사랑과 평화 실은 기차
몸과 맘을 싣고서

다음 기약하면서
길게 문 기차의 꼬리에
석양 목이 메어 따라온다

녹슨 연필

하늘 호수 뭉게구름
꾹꾹 눌러 그려도
희미하게 보이고

추억의 시골길 졸졸 개울물
따라 그려 보아도
풀만 무성 잘 보이질 않아

기억 더듬더듬
옛 추억 꺼내며
한 자, 한 자 적어 보지만
녹슨 연필
잘 나오지 않네?

별 사랑

두 손 꼭 잡고
아쉬움 남기는

긴 여울 석양
반갑기만 하네요

반짝이는 너의 눈
볼 수 있는 시간

나에게 주는 네가
고맙기만 하네요

온종일 분주히 쫓기며
얼마나 기다렸는데

그렇게도 헤어짐이
아쉽다는 말인가

모두 두 눈 졸음
잠겨 껌뻑일 때

나는 초롱초롱 빛나는
사랑의 눈을 보았지

그래서 얼마나 기다렸는지
멋진 아쉬움 남겨준 석양

괜시리

높은 가을 우러러보니
괜시리 어디론가 떠나고 싶다

부르는 이 없어도
오라는 이 없어도

훌쩍 떠나고 싶다

오가는 발걸음 붐비는
역 플랫폼에서

먼저 들어오는 기차에 몸을 싣고
훌쩍 떠나 차창가에 기대고 서서

이름 없는 간이역에 내려
허름한 주막 주모가 따라 주는

한 잔 술에 외로움에 지친

나그네 시인의 고독에 빠지고 싶다

대전 한재환 시인의 생활시집 『하루방의 사랑과 평화』 페러다이스(Paradise) 미학(美學)

문학박사 김우영 교수

중부대학 교양학부 교수 · 문화체육관광부 국립국어원 국어문화학교 문장 감수위원

대전 한재환 시인의 생활시집『하루방의 사랑과 평화』페러다이스(Paradise) 미학(美學)

문학박사 김우영 교수

중부대학 교양학부 교수 · 문화체육관광부 국립국어원 국어문화학교 문장 감수위원

□ 여는 시

나누면 배가 되어
햇살이 되고

나눔은 햇살되어
행복이 되고

나눔은 이웃이 되어
사랑이 되고

나눔은 별이 되어

은하계를 만나고

나눔의 시냇물은
강물 바다가 되어

나눔은
나눔 인생은

살만한 사회
행복한 세상을 만드네
— 사평 한재환 시인의 시 「나눔」 전문

1. 20년 전 인연은 시인의 새싹 걸음으로

지난 2004년 7월 29일(목)~30일(금)까지 1박 2일간 대전 중구에서 뜻깊은 행사가 있었다. 이날 행사는 대전광역시 중구 자녀안심학교보내기운동중구협의회(회장 임영진 성심당 대표, 사무국장 한재환 시인)와 푸른꿈 한마음 어머니봉사회(회장 윤인중, 총무 장기근), 기동순찰봉사대(대장 김장복, 총무 이길천)와 대전광역시 중구 박용곤·김우영 관계자가 참여한 가운데 대전 지역 결손가정 청소년들과 만남의 날이 있었다.

이날 주요 행사는 첨단 과학시설 대전 대덕구 소재의 (주)한전원자력주식회사와 KBS방송국을 43명의 결손가정 어린이과 함께 방문하는 것이었다. 이어 밤에는 중구 안영동 효마을관리원으로 이동하여 1박을 하면서 시낭송, 동화구연, 축가, 대학교수, 퀴즈진행, 상담, 친교의 시간 등을 뜻깊게 가졌다.

행사의 성공을 위하여 대전의 100년 명문기업 성심당에서 간식 빵과 팥빙수를 비롯하여 대전 문인들이 무료 제공한 동화책과 시집, 학용품셋트 등이 협찬되어 결손가정 어린이들이 흡족해 하였다,

이 모든 행사의 본부장 역할을 한 분이 바로 대전광역시 중구 자녀안심학교보내기운동중구협의회 한재환 사무국장님이었다.

한 사무국장님은 당시 10여 년 전부터 자원봉사활동을 해오고 있었다. 따라서 2024년 현재 30여 년 봉사를 하고 있어 대전 자원봉사의 원년 '롤 모델'로 뽑히고 있었다.

이뿐 아니었다. 그 당시 책을 읽고 시 쓰기를 좋아하여 대전중구문인협회에서 함께 문학활동을 하였다. 또한

2016년 서울 지역의 장수 종합문예지 월간《문예사조》
지를 통하여 '어전'이란 필명을 사용「만두」시 작품이
신인문학상으로 수상하여 등단하기도 했다.

　따라서 등단 10여 년이 지난 지금의 문단활동의 결과
물인 시집 출간은 새로운 일이 아니다. 그러나 한재환 시
인은 평소 겸손지덕으로 후덕한 분이다. 아는 체하지 않
고 언제나 학습자 입장에서 배우려고 한다. 이 점이 한재
환 시인의 좋은 점으로 각인되고 있다. 따라서 오늘날 늦
깍이 한재환 시인의 생활시집 『하루방의 사랑과 평화』
페러다이스(Paradise) 미학(美學) 축복의 풍요를 낳고 있는
귀결점이다.
　그가 얼마나 여리고 겸손한 경우는 아래 시인의 말
「序詩 / 새싹 걸음에」에 잘 나타나 있다.

　　여린 새싹
　　꺾일까 두려워

　　마음속 그늘막
　　찾아주는

　　문사(文士) 선생님들
　　눈길에 열심히

한 자, 한 자
시 나래를 펴 보렵니다

여린 새싹
꺾일까 두렵기는 하지만

까짓 무에 걸림돌 있으랴?
서가(書架)에 왕자가 된다는데

아암
오늘도 부지런히 면학(勉學)정신
― 사평 시인의 시인의 말 「序詩 / 새싹 걸음에」 전문

2. 문학이란 무엇일까?

문화체육관광부 국립국어원 누리집에서는 문학을 아래와 같이 정의하고 있다. '문학(文學)은 사상이나 감정을 언어로 표현한 예술이다.' 또는 그런 작품. 시, 소설, 희곡, 수필, 평론 따위를 학창 시절에 한 번쯤은 문학에 빠져 작품을 탐독한다거나 직접 써 보는 등 문학에 관한 추억이 있을 것이다

20세기를 대표하는 세계적인 지성 프랑스 '장폴 사르트르(Jean Paul Sartre)'는 문학의 본질에 대하여 아래와 같이 기술한다.

"한 사람이 작가가 되는 것은 어떤 것을 말하기를 선택했기 때문이 아니라, 그것을 어떤 방법으로 말하기를 선택했기 때문이다. 우리에게는 글쓰기란 하나의 기도(企圖)이다."

'문(文)'에 '학(學)'이란 말이 왜 붙게 되었을까? 우리가 지금 쓰는 '문학'은, 근대 개념들이 대개 그러하듯이 일본에서 만들어낸 번역어다. '문예'도 이것과 비슷한 케이스로, 두 말 모두 'literature(영)/Literatur(독)/litterature(프)'라는 단어가 원어였다. 역어 '문학'과 '문예'의 성격에 대해서는 매우 많은 논의가 있어 왔다.

'문학'은 만들어진 초기부터 '문예'라는 말과 길항작용을 했다. '문학'이라는 말은 근대 이전에 전혀 다른 의미로 쓰였는데, 이는 조선 시대까지만 해도 '학문'을 뜻하는 단어였다.

최초의 근대 소설가 이광수는 문학에 대한 개념을 정립한 '文學'이란 literature의 역어이면서 정성을 담아 예술적인 내용을 사실성 있게 전문 작가가 쓴 자유로운 내용의 글'을 '문학'이라고 정의하였다.

이러한 논의는 현대 문예 이론의 추세에 따라 여성문학, 아동문학, 노동자문학, 생활문학 등 다양한 장르가 끊임없이 문학의 범주에 추가되고 있다.

이 가운데 대전 '사평 한재환 시인(이하 사평 호칭)'이 현재 사용하는 텍스트는 생활문학(生活文學) 생활시이다. 이는 일상생활에서 흔히 경험하는 일을 소재로 한 평범한 문학 또는 시를 말한다.

사평 시인은 생활문학 속에 생활시를 도입하여 자신과 주변 언저리들을 서정적인 평이한 감성으로 운문시를 써내려가고 있다.

한편, 현대시는 포스트 모더니즘(Postmodernism)시대이다. 도그마 원리나 형식 따위에 대한 거부 및 반작용으로 일어나는 예술경향이 있다. 이에 대하여 난해한 시의 창작 경향으로 시의 이해를 어렵게 하고 있다.

그러나 사평 시인의 시 창작 경향을 보면 말 그대로 생활 속에서 일어나는 일상을 시라는 운문 바구니에 담아

쉽고 편안하게 독자에게 배달하여 준다.

3. 생활문학 생활시집 『하루방의 사랑과 평화』 페러다이스 (Paradise) 미학(美學)

가. 자연스러우며 편안하게 우리의 가슴에 시 꽃 배달

지금부터 사평 시인의 시 몇 편을 감상해 보자. 아래는 「사랑과 평화」라는 시이다. 함께 보자.

하루방 만두의 은은한
향기 머금고
오늘도 동녘을 힘차게 여네

마음 따뜻한
할머니의 손으로
정성과 온정 담아

시나브로 빚어지는
하루방의 사랑과 평화

가정과 사회에

온누리 빛으로

삼천리 팔도강산
지구촌 오대양 육대주로

보무도 당당히 나아가는
사랑과 평화
염원에 영원을 담아
비상하는 하루방의 사랑과 평화
— 사평 시인의 시 「사랑과 평화」 전문

위 시의 문맥을 살펴보면 사평 시인의 시가 얼마나 자연스러우며 편안하게 우리의 가슴에 '시'라는 꽃 배달로 평온하게 해주는 것을 알 수 있다. 시는 언제 누가 읽어도 이해가 쉽고 '아, 이것이구나!' 하고 박수치며 공감해야 한다.

다음은 「아침에」라는 시이다. 함께 보자.

이제는 햇살 뜨거움
한결 벗고 다가서는 발걸음

그래도 멀리 하고 싶지는 않는

계절의 사랑

우리네 삶의 과정
그러하겠지

아암 그러하겠지
― 사평 시인의 시 「아침에」 전문

'이제는 햇살 뜨거움/ 한결 벗고 다가서는 발걸음// 그래도 멀리 하고 싶지는 않는 / 계절의 사랑// 우리네 삶의 과정/ 그러하겠지// 아암 그러하겠지// 흰버선을 신고 가볍게 토방에 내려서는 듯한 사평 시인의 꾸밈없는 서정적 레토릭(Rhetorik)의 메타포(Metaphor)이다.

이어지는 시는 「중촌동의 좋은 아침」이란 작품이다. 함께 보자.

동편 하늘 살갗 젖히고
하루해가 장엄하게 뜨네

오늘도 무사히
가족과 매장이 행복하소서

주변의 모든 이들이
희망의 축복으로

빛이
길이 나소서

서편 노을 색칠하며
기우는데

세월은
어서 가자고 바지를 잡네

내일도 변함없이
중촌동에 좋은 아침이소서
— 사평의 시인의 시「중촌동의 좋은 아침」전문

위 시를 보면 사평 시인이 사는 대전 중구 중촌마을의
그림이 그려진다. 본디 중촌동은 패션과 미술의 고장이
다. 이에 따라 자연스럽게 계절 전령사를 차용하여 매끄
럽게 풀어가는 시문장 구사력이 좋다.

특히, '세월은/ 어서 가자고 바지를 잡네// 내일도 변
함없이/ 중촌동에 좋은 아침이소서// 라는 대목이 이 시

의 백미준령(白眉峻嶺)으로 돋보인다.

　나. '쑥맥'이 낳는 사평 한재환 시인의 영광

이어지는 시는 「쑥맥」이다. 함께 보자.

　　나는 쑥맥이라서 좋아라
　　그래서 마음이 편하다

　　세상의 모든 것을 내려놓고
　　나의 길만 걸어왔기 때문

　　바람도 구름도
　　어느 땐 퍼붓는 소나기도

　　나의 길을 막지 않아라
　　나는 그냥 나의 길

　　걷기만 하였기 때문
　　자연은 참 좋아라

　　그런 나를 함께 하며
　　다른 사람과 달리 편하게

들꽃으로 쑥맥
자라게 하여 주어서

고맙고
감사하오이다

남은 여생
더욱 감사하며

푸른 하늘 보며
야생화의 청순함과

아름다움에 빠져 살아야
— 사평 시인의 시 「쑥맥」 전문

여기에서 '쑥맥(菽麥)'은 어휘상 명사이다. 사리 분별을 못하고 세상 물정을 잘 모르는 사람, '숙맥불변'에서 나온 말이다. 규범 표기는 '숙맥'이다. '숫기가 없고 지나치게 순수하거나, 순정적이고 금욕적인 사람'을 말한다.

쑥맥이란 말은 '콩과 보리'라는 의미를 지닌 고사성어로, 숙맥불변(菽麥不辨)의 준말이다. 콩과 보리를 구별하지 못한다는 뜻이다. 종종 '쑥맥'이라고 하는 사람이 있는데, 아무래도 첫 발음에 강세가 있어 그렇다.

쑥맥(菽麥)유래는 기원전 주자 573년. 중국 주나라에서 나이 14세의 주자 임금시대. 주자는 진나라 대부들에게 "사람들이 임금을 찾는 것은 임금에게 명령을 내리게 하여 나라를 다스리게 하려는 것이다. 임금을 세우고 그명령에 따르지 않는다면 무엇 때문에 임금이 필요하겠는가"라고 하며 충성서약을 받았다. 반면, 주자의 형은 어리석어 콩과 보리를 구별하지 못할 정도였기 때문에 임금이 될 수 없었다고 한다.

요컨대, 사평 시인은 쑥맥이기 다행이지? 이재(理財)나 권력 명예욕이 많았으면 시인촌 근처에는 어림도 없었으리라! 그리하여 우리는 오늘 대한민국 중원땅 문화예술 중심도시 대전광역시 중구 중촌문화마을 하늘 아래 '쑥맥 사평 한재환 시인'을 만나는 영광에 살고 있다.

다. 시적허용(詩的許容 · Poem · poetic license)의 능숙한 구사력

다음에는 끝으로 보는 「괜시리」라는 시이다. 여기에서 사평 시인의 시적허용(詩的許容 · Poem · poetic license)이 차용된다.

높은 가을 우러러보니
괜시리 어디론가 떠나고 싶다

부르는 이 없어도
오라는 이 없어도

훌쩍 떠나고 싶다

오가는 발걸음 붐비는
역 플랫폼에서

먼저 들어오는 기차에 몸을 싣고
훌쩍 떠나 차창가에 기대고 서서

이름 없는 간이역에 내려
허름한 주막 주모가 따라 주는

한 잔 술에 외로움에 지친
나그네 시인의 고독에 빠지고 싶다
— 사평 시인의 시 「괜시리」 전문

사평 시인은 '괜시리'라는 시적허용을 시나브로 차용
하여 낭만적 표현을 한다. 이는 사평 시인의 시적 언어감

각과 뛰어난 언어연금술사 기질이 있는 이 시대의 시인이 분명하다.

여기에서 '괜시리'란 말은 국어사전에서 '부사'로 분류된다. 표준어는 '괜시리'가 아니라 '괜스레'이다. 괜스레는 전북지방 방언에 속한다. 그러나 시를 포함한 문학적 작품에서는 가능하다.

이를 전문용어로는 시적허용(詩的許容 · Poem · poetic license)이라고 한다. '시적허용은 문학이나 그 작품 속에서 문법상 틀린 표현이라도 시적(詩的)인 효과를 표현하거나 운율을 맞추고자 어느 정도 허용한다.

예를 들면 서정주 시인의 「국화 옆에서」를 보자.

노오란 네 꽃잎이 필라고
간밤엔 무서리가 저리 내리고

내게는 잠도 오지 않았나 보다

이 시에서 '노오란'은 '노란'의 잘못된 표현이지만, '노오란'이라는 표현이 시에 운율감을 더해준다. '노오란'의 어감이 왠지 더 애틋하게 느껴지기도 한다.

또 하나의 예로 '발자욱'과 '발자국' 문법상 명사의 경우이다. '흰 눈 위에 곧은 발자국' '이 녹으면 남은 발자욱 자리마다 꽃이 피리니……(中略)' 등 시어의 '발자욱'은 표준말이 아니다.

발로 밟은 자리에 남은 모양을 이르는 말은 '발자국'이 표준어이다. 어떤 물건이나 어떤 곳에 다른 물건이 닿거나 지나간 자리를 가리키는 말은 '자국'이 표준어이고, 흔히 들을 수 있는 '자욱'이나 '자죽'이란 말은 모두 비표준어 '시적허용'에 해당한다.

이와 같이 시적허용(詩的許容), 또는 극적허용은 문학에서 문법상 틀린 표현이라도 시적인 효과, 예술적 효과를 위하여 사용한다. 띄어쓰기나 맞춤법에 어긋나는 표현, 비문법적인 문장도 여기에 포함한다.

이런 역사는 셰익스피어의 율리우스 카이사르에 나오는 마크 안토니(Mark Antony)의 "Friends, Romans, Countrymen, tell me your ears"는 기술적으로 "countrymen" 앞에 "and"라는 접속사 문법 문장이 필요하지만 "and"는 약강 오보격(Iambic pentameter)의 리듬을 유지하기 위해 생략된다.

4. 생활문학 생활시집 『하루방의 사랑과 평화』페러다이스
(Paradise)미학(美學)

지금까지 우리는 대한민국 중원땅 문화예술중심도시 대전광역시 중구 중촌문화마을 하늘 아래 '사평 한재환 시인'의 생활문학 생활시집 『하루방의 사랑과 평화』페러다이스(Paradise) 미학(美學)을 살펴보았다.

문학은 하늘에서 떨어진 것도 아니고, 또한 땅 속에서 솟아난 것도 아니다. 지금 우리가 살고 있는 생활 속에서 '시'라는 운문 바구니에 담아 표현하면 문학이 되고 시가 되는 것이다.

너무 고답적일 필요가 없고 난해할 이유도 없다. 누구라도 쉽게 읽고 감상하여 공감대를 형성하여 서정적 레토릭의 메타포 처리하면 시 창작의 보람이 있는 것이다.

사평 시인의 시 문장 전체 맥락 전개가 자연스러워 편안하게 독자의 가슴에 시를 꽃 배달을 하고 있다. 또한 중견 이상의 노련한 시객(詩客)들이 활용하는 시적허용(詩的許容 · Poem · poetic license)의 능숙한 구사력이 내존한다는 것이다. 그러나 길항적 작용점으로 사평 시인은 쑥맥이라는 것이다. 그러기에 독자들은 이 시대의 사평 한재환 시인을 만나는 영광을 얻은 것이다.

문득, 지난 17세기 영국의 대표적인 낭만파 시인 셸리 (Shellety)의 말이 생각난다.

"시는 가장 행복하고 가장 선한 마음의, 가장 선하고 가장 행복한 순간의 기록이다."

또한 지난 18세기 미국의 철학자 루이스(Lewis)는 이렇게 말했다.

"시는 그것 자체가 아름다운 일이며, 시를 쓴다거나 감상하는 것은 유쾌한 경험이다."

□ **닫는 시**

그대 가는 길
함께 해주실까요

까짓 넘어가는 세월
손가락 걸며 함께 가요

도란도란

옛이야기 꿈꾸며

희망과 용기로 가는
그 길 그리로

함께 해요
그대여

사랑하는 그대여
― 사평 시인의 시 「동행」 전문

하루방의 사랑과 평화

1쇄 발행일 | 2024년 11월 02일

지은이 | 한재환
펴낸이 | 정화숙
펴낸곳 | 개미
문장 감수 | 김우영 교수 문학평론가

출판등록 | 제313 – 2001 – 61호 1992. 2. 18
주소 | (04175) 서울시 마포구 마포대로 12, B-103호(마포동, 한신빌딩)
전화 | (02)704 – 2546
팩스 | (02)714 – 2365
E-mail | lily12140@hanmail.net

ⓒ 한재환, 2024
ISBN 979 – 11 – 90168 – 91 – 5 03810

값 13,000원